U0684661

样子

黄进风 / 著

九 州 出 版 社
JIUZHOUPRESS

为什么是样子

瓷碗圆，竹筷长，木勺北斗七星状。

衣蔽体，柴烧火，油盐酱醋可入口。

鸡打鸣，牛倒嚼，兔儿走路蹦蹦跳。

············

为什么是这个样子？

是生活在时间中的抉择，还是自然的优胜劣汰？

是先祖给后辈无声的嘱咐，还是约定俗成的共识？

也许，这正是万物个性化的表现，是为了区别他方自觉或不自觉的选择，是物人间的共情。为此，它（他）们遴选了最能展现自我的方式方法，或具象，或抽象，以此在世间展现自己最好的模样——即便自己渺小如蝼蚁，即便化了妆，戴了个面具，穿了套夜行服，那也是它（他）们自以为在世上最可心的样子。

其实换个角度来看，我们眼前的那些物，那些生灵，它（他）们是多么富有个性魅力：或卵生，或胎生，或湿生，或化生……都自有其可人的容颜。我们以为的尖嘴猴腮、形容猥琐，可能是性情的偏好蒙骗了眼的审美；而我们以为的玉树临风、英姿秀美，有时可能正是戴着有色眼镜在自娱。

格有大小，局有不同，格局有高低，然这不妨碍众物众生和谐共处。和谐共处，求同存异，在同同异异间求得独特自在，而保持这样的状态就需互为依存，相互借力。借力，运力；运力，借力。来来往往，各施所能，各得所愿，不知不觉中达成一种平衡，实现一种态势的恒永。这样的过程和情形，或许就叫生活。

这么说来，生活也是有样子的。

生活的样子不全在人身上，也在物中事里，在厨房里，在卫生洗浴间里，在堂房里，在孜孜不倦的学海生涯里，在诗者长话短说的嘴里、笔下……

诗者在淋漓挥洒，眼前所视，尽是锅、碗、瓢、盘、勺、筷，尽是衣、食、住、行，尽是鸡呀牛呀兔呀，尽是一家之管见，尽是自意自会。

时光流转，当初笔走龙蛇的模样，有的早已厚蒙着岁月的尘埃，而留在纸上的锅、碗、衣、食、鸡鸣、牛嚼、兔蹦跳……细细看来，却是那么熟悉而又陌生。

——生活在变！生活在日新月异地变着！不管是优化、美化，还是矮化、丑化，甚或异化，于世间任凭暖阳皓月描画打扮，任凭劲风骤雨层剥缕蚀，而世间万物自会想方设法以自己最惬意的姿态立于天地之间，立于岁月之册，甚至立成典范，立成不朽，应该没有谁会刻意地去遗丑于历史。

典范也好，不朽也好，遗丑也罢，如同拍照一样，在时间的长河里，在历史面前，摆出个称心的姿势其实不易。因为姿势怎样，自己说了好像不算，有时自己的感觉在别人的眼里往往会南辕北辙。一个让人赏心悦目的造型，兴许也是众人内心的聚焦，历史的回响，至于其内涵，就留给智慧的您和思索着的我，慢慢地去揣摩了。

愿诗集《样子》能与您共鸣，并以此抛砖引玉，愿生活中的您聪颖机悟，思维敏锐，样子可爱。

是为序。

2022 年 11 月 5 日

目

录

第一辑　厨卫说

第二辑 厅堂议

第三辑　食物论

样子

第四辑　卧榻语

第五辑　学海谈

目
录

样
子

第六辑　情怀诉

第七辑　属相言

第一辑　厨卫说

DI YI JI

汤 勺

怕伤着别人

隐去了所有的个性

包括棱角和锋芒

汤的冷热

汤的多少

汤的酸甜淡咸

汤的苦毒或鲜美

勺一口一口先尝

又一勺一勺送进人嘴

勺清楚

人一抿嘴的惬意

就是自己存在的全部意义

电饭煲

电饭煲呀

头脑一发热

就会干出

生米煮成熟饭的事

样子

锅　盖

锅盖知道
捂得了一时
捂不住一世
时间迟早会揭开谜底

因此锅里即便有珍馐佳肴
锅盖也不取丝毫

土　灶

土灶有个秘密——
用好"金、木、水、火、土"
才能做出可口的饭肴

金属锅
木质柴
屋边的井水
亮堂的火
泥香的灶

五行有缺
生活的味道便会有所失

样
子

筷　子

往来于餐桌房厨
以一身道骨仙风的瘦削
告诉世人两袖清风的内涵

搭档工作时
每回都要选一选配一配
在筷子的眼里
没有最好只有更好

喜欢成双成对
说起相亲相爱比翼双飞
谁能比筷子深刻？

毛 巾

洗脸擦汗
任凭岁月这把须刀
刮去一层层的柔毛
直至腻滑成抹布

从高挂到低放
从一尘不染到污迹斑斑
以自己的肉身
洁净世人的眼眸

毛巾用行动昭示
明哲保身
不是它的初心

样子

菜　刀

为了有用武之地
常把自己打扮得年轻锃亮

切削砍剁
汁血中飞舞
诠释了谁是口腹之欲的帮凶

开刃就为分解而生
岂料自身也渐被岁月的磨砺
分解

搓衣板

可以搓去
一身的仆仆风尘

难以搓掉
一手的厚厚老茧

洗头液

挤出几滴
揉碎在发丛里

用时光的栉
梳呀篦呀
篦呀梳呀
青丝便净成了华发

用水一冲
泡沫散处
铅华尽洗

肥　皂

肥皂和着水在清洗

跟顽皮的孩子一样

不时地吹出一个个绚丽的泡泡

懂的人知道

它是在告诉世人

这就是它要追求的七彩人生

洗衣机

无论是真脏还是假污
都愿意帮别人洗白

智慧而慈悲的机器
总给人以重新干净的机会

保鲜膜

都以为覆上了这层膜

放入冰箱

就可以风采依然

涛声依旧

哪知这是一种

贴在眼球上的膜

贴在心头上的慰安

结果是——

一膜遮目

不见腐化暗起

油烟机

炉火一起
便扯开嗓门喊"饿——"

又吸油又抽烟
浑身腻乎乎

难理解
身居高处
烟火味怎么还这么重

梳　子

梳子明白——

群体间

行事要做到条理分明

就应保持好相互间的距离

牙　刷

想用自己的柔情
缠绵出牙齿曾经的皓洁青春

结果被时间扯去了
一根又一根温情的毛
然后被人随手扔进了垃圾桶

米　缸

历史证明
米缸是缸中的君子——

绝没有做过
生米煮成熟饭的事
虽然是近水楼台

样子

锅

锅清楚
如果容不下酸甜苦辣咸
就不会有美味的生活

油　壶

大口大口吞油进肚

直至油嗝声响

小口小口出油入锅

直到壶底朝天

油壶明白

所谓的活着

就是油在腹中

不可渗出丝毫

样
子

扫　把

可以清扫一时的屋宇
难以明净历史的天空

可以洋洋洒洒地除污去秽
难以切切实实地洗心革面

高压锅

越是高压之下
越能唱响
气吞山河的歌

酒 杯

满上，满上
倒入的
是酒还是嚷嚷
是乐还是愁
酒杯已木然

所谓的辉煌
所谓的流芳
所谓的忧
所谓的烦
伴随着一声声"干"
深深地埋进了历史的旮旯

酒杯后来也不知
有没有再"满上"
不断地"干"后
酒杯已酩倒

梳 头

人们用梳子
理着凌乱的长发

梳子却在镜子里
帮人们梳起了
从黑发到白首的岁月

样子

牙 缸

终日静默
忧思的是早和晚的担当
以及几口清水后
会有一副怎样的伶牙俐齿

冰　箱

冰箱深悉——
要阻止腐化
先应冷静下来

脸　盆

倒一盆水
打个照面
才看到盆里也有张脸

很多时候
脸盆过的是——
没脸见人的生活

牙　膏

为牙而生
竟然和臭早晚缠绵

最终弄得个——
粉身碎骨口吐白沫的下场

样子

吹风机

一会儿暖风

一会儿凉风

一会儿微风

一会儿劲风

看似可以随心所欲

实则被玩弄于指掌之中

味　精

味蕾以为

就烹饪而言

味精真的是画龙点睛的高手

也最懂锦上添花之妙

毛巾架

见了财物从不眼开
见了高帽从不争戴
见了漂亮从不乱怀

虽只是个架子
但大家都明白
它有坚贞的心
只为毛巾而生

拖　把

个虽小，活不轻
价虽廉，德不浅
位虽卑，责不微

担起一地的净洁
不惧世人
泼来一身的脏水

暖水瓶

暖水瓶
表里不一的双面人
寒冬困渴里
为什么有人总离不开你

因为你的一腔热情
人们总能在你冷若冰霜的孤胆里
获得暂时的温存

沐浴露

沐浴露滑过
无污也有垢

手揩水淋后
一身馨来一心轻

很想问问沐浴露
你净洁的到底是身还是心

镜　子

镜子说
你想看到什么
我就显现什么

但我一直不相信
是我带给了你一眸的忧虑

我不喜欢你哭
因为我担心你忧伤的泪痕
无意间
会划碎我晶莹的心

我醉心于把你妆
因为你扮俏了
我，自然也俊了
乐了

热水壶

给你些水
送你点电
你明白过来就开始激动
没人理你
你便会波涛翻滚气冲冲

用得着这样吗？
不就给了你些水
不就送了你点电
何必这样热情地
"涌泉"相报

茶　杯

规范水的模样
以炽热的温情
拨动卷叶的心弦

沁香缕缕中
助背井离乡的水与叶
寻求宰相之肚的归宿

热水器

拉起冷水热水友爱的手
就可以清理好
脏乱的身心

浴　霸

自从你站在高处
洒下太阳般的光芒
喜爱日光浴的人
便沐上了严冬里的春风

挂　钩

挂钩清楚

有多大的能力就做多大的事

否则，挂得越高

钩得越多越重

很可能会摔得越响越痛

梳妆台

梳妆台把你扮美时
你也把它饰靓

第二辑 厅堂议

DI ER JI

样
子

衣　橱

那天发现

衣橱的最高层

叠放着打满补丁的好动童年

接下来一层

画满了青春的绚丽多姿

再下面一层

看到了妻子年轻时的倩影

再再下面一层

挂满了一身的沐雨栉风

孩子的哭笑

父母的老迈

亲朋的炎凉

…………

衣橱

你叠挂的哪里是衣服

分明就是流动的岁月

样
子

熨　斗

心头一热
便会去做打抱不平的事

靠　背

你是别人的靠背
那么你的靠背又是谁

一个称职的靠背
自己不会没有靠背

窗　户

墙觉得自己太严肃
用窗来装饰容颜

人担心窗太明眸善睐
给窗蒙上了金属做的面纱

于是无论是墙内还是墙外
就都有了一份朦胧和警惕

吊　扇

炎热的日子
吊扇立于高处
传下阵阵风言风语
告诫人们——
越是狂热
头脑越要冷静，越要冷静

人们起身
旋小调速器
随声说道——
吵死了

鸡毛掸

掸一屋之埃，易
拂心房之尘，难

绑一身鸡毛，又怎样
能飞吗

衣　架

衣架知道它的使命——
支撑起
没有灵魂的皮囊

様
子

茶　几

不要总埋怨自己偏居茶室
这与雅致、品相、艺术无关
跟格局有关

渔　网

挽起袖子使劲一撒
首先穿过的是岁月的时空
接着是水面的笑声——
七孔八洞的还想网住什么

是的
大空捞巨物
小空进虾米

空空洞洞
才好装世间的内容
空空洞洞
才可容生活的劳闷

挽起袖子使劲一撒
网住的除了希望
还会有一片一片
数也数不清的七彩阳光

51

样
子

剪　刀

比你更硬的钢铁
你剪不断

比你更软的心思
你也剪不断

试问剪刀
你剪断的都是些什么东西

创可贴

或许——

能封住

流血的创口

可——

能止住

心口的伤痛吗？

皮　鞋

在脚看来
皮的柔韧远比钢的坚硬
安全舒适

电　池

电池之所以得到大家肯定
是因为它能把强大任性的电之力
关在笼子里

餐巾纸

餐巾想——
我的正事
纸却去揩油沾光

难怪明辨是非的人们
用后
便扔

壁　橱

明明是个橱

只因需要壁的扶持

便冠名成了"壁橱"

唉——

依附所付出的代价是多么大

垃圾桶

桶想——
和垃圾在一起
臭是臭了点
但那些文明人应该会远远地
不敢随便碰我了吧

电　视

有限的尺寸
无穷的天地
这中间的距离
只差一个遥控器

时针、分针、秒针

不要以为给你们点时间
就可以扬帆远离
几番"嘀嗒"后
你们针针回到起点

你们也许参悟不了
在钟的世界里
跋山涉水越远
可能离起点越近

水龙头

总是用静若处子的表象
掩饰内心的潜流暗涌

一旦思想的阀门打开
就会哗哗地向世人倾诉

面对时间老人的风蚀水磨
又常镀上一层层锈甲保护自己
直至肉身腐朽

扁　担

找准一个支点
就可以
挑出朝阳，担回银月

吱吱呀呀一唱
满腹的艰辛
便会汗流浃背地流出

负重练出的坚韧
横，为架海梁
竖，是擎天柱

餐　桌

即便只有一餐的相聚
也愿静守整日的寂寞

筷动碗移间
或悲或欢或离或合便会开始走上餐桌

无论桌上是贫瘠荒凉还是丰盛膏腴
内蕴的不外乎是喜怒哀乐

而那菜味酒香
更是时时飘拂着生活的苦辣酸甜

餐桌每天孤独的安守到底是为了什么
大概更多的是思考如何解决温饱

挂　钟

挂钟好像很享受
被人时不时仰望的感觉

挂钟认为这是一种仰慕
甚至是膜拜

从挂钟坚定而自信的嘀嗒声中
人们听出了一种错觉
深深体会到什么叫盲目自大

坐　垫

坐上去"噗"的一响

旁观者明白——

那是坐垫热烈亲吻丰臀的

"啵"声

样
子

存钱罐

不计较收入了多少
随意随缘就好

为了跨越生活的沟堑
也愿意粉身碎骨

紫砂壶

烧一窑火
焚去五色土浑身的富贵气

浴火重生后
在芸芸众生膜拜的眼神中
深悉了
爱不释手的真义

瓷　器

水在土里永生

泥于火中蜕变

脱胎换骨的光洁华丽

无声地诉说着

窑炉内的灼温

是啊——

不是什么土都能够洗尽铅华

不是什么泥都值得宗匠陶钧

竹牙签

从用你剔牙算起
倒后一个月
你可能还在篾匠手里

倒后一年
你正亭亭玉立，摇曳多姿

倒后十年
你或许只是一粒竹米
正在泥胎里临蓐
而我
也还未被时间蚀穿牙缝

样子

花　盆

把自己装扮得千娇百媚
换来衣食无忧的富贵
即使找不到归路
也想一头扎进深似海的侯门

沙　发

"噗嗤"——
那是沙发又亲又抱冷屁股
得到打赏后
快乐的笑声

筛　子

以勤劳做筛
可以筛出秋日的硕果
用懒散为筛
难以筛出春天的绿苗

以患难做筛
可以筛出情谊的真挚
用享乐为筛
难以筛出恨怨的伪善

以老迈做筛
可以筛出韶华的匆匆
用年少为筛
难以筛出云帆的风发

花　瓶

穿上以瓶做成的裤子

花从此姹紫嫣红

叶从此娇嫩欲滴

枝从此风姿绰约

可在瓶的眼里

花似锦

叶如玉

枝若琼

都只是过客而已

样子

导 航

把你的心交给它
听它的话
你就可实现愿望

坐上人生的专车后
人们往往不知该把心交给谁
于是常会在十字路口的灯红酒绿中
苦寻方向

向日葵

向日，向日，向日
一味地向外追逐
就会没有自己的人生方向

这样长大了
也会有——
头断、籽落、身秆火烧的下场

门

关上
能得一方安宁
但少一个世界

开启
可赏一片蔚蓝
却少一份自在

开开关关
是乐还是忧
全在掌门人的格局和取舍

棉　签

即便素昧平生
也愿意柔情地帮助他人
擦抚伤痛

电话机

有了你
沟壑山岳变通途

有了你
天涯也咫尺

有了你
心与心间就架起了互通的桥梁

有了你
姻缘也能一线牵

喇叭花

它可能生来就有这样的使命——
把花开成喇叭的样子
植根地球这个巨大的留声机
然后唱出自然的籁音

电动车

来来往往
交警总担心你的风风火火

飞驰在生活的路上
任劳任怨
从不奢侈别人喝彩加油

累倒了
只要充电器给些正能量
又能抖擞精神致远

保温杯

保温杯把水规矩成主人想要的模样
又想尽可能保住唇喜欢的温度
咕咚咕咚后
水开始在主人干渴的体内蔓延
保温杯终于明白了心窝的热度

第三辑　食物论

DI SAN JI

口香糖

嚼你
因为你比唇还软
比舌还柔

嚼你
因为你的清香
你的丝甜

嚼你
因为你的韧
你的绵

但你呀
不该有点甜就自称为糖
不该时不时地赖在地上不起
最不该的是——
替人掩饰张嘴的臭

面　包

有人胖成这样是一种病

面包这样富态

顾客越看越可爱

样
子

雪　糕

生活如对雪糕报以柔唇的温存
雪糕就会感动得涕泗雨下
甚至冰冷的心
瞬间也会融化

茶　叶

没有精心的焙制
没有高温的冲泡
茶叶你什么也不是

说你高雅
说你雅俗共赏
那是因为有懂你的人在培养

茶叶后来也明白
当它成杯中之物时
它再也不是树上的芽了

鸡　蛋

在鸡蛋的身上
我们深悉
孕育生命的防火墙
也是新生的最后一道藩篱

米　酒

白净的一粒粒
竟蕴有醉人的芳醇

其实米到酒的距离
就差个粬

不少时候
认知的升华
也是隔一个能发酵的粬

样
子

饼　干

做成人喜欢的样式
用酥脆
坚挺起人的脊梁

面　粉

有些东西
不是变成了灰就结束

这个道理面粉深有体会——
只有彻底消失在饥肠中
才是它真正的使命

矿泉水

装在瓶子里的
不一定是矿泉水
可不借助瓶子
世人又怎么识得它的真身

红　酒

妆成一脸害羞的样子
麻痹戒备的心
开怀畅饮

果　冻

食品中柔情似水的媚者
为了迎合市场需求
说冻就冻成顾客喜欢的模样

白　酒

你的心扉闭上时
心如止水
晶莹剔透

一吻入口
便会撩起你似火如辣的激情

表里不一的清纯
多少人为你过敏
多少人为你醉生梦死
神魂颠倒——

様
子

酸　奶

嫌自己平庸没个性
就弄出点坏坏的馊味儿来标榜

有人说
明明已经酸腐还高调

也有人说酸奶的质地并不差
至少一知半解什么叫与众不同

黄啤酒

黄啤酒说它不是变色龙

你看——

尽管在人体内历经千肠百转

排出时还会一身淡黄

看来——

认识到过程中的变化

不被表象所迷惑

不是容易的事

果　汁

口感味美的果汁
是果儿在榨汁机中的一把泪
泪如雨下的痛成桶成盆成杯

有人扬脖一饮
脸上竟然有了果儿的泽亮和润净

巧克力

没有脊梁的硬气
入嘴就显回软骨头的熊样

又甜又蜜又香又能如何
不过是商家营销的策略罢了

様
子

香 烟

烟雾缭绕中
用淡淡的香
掩饰毒害身心的勾当

油菜籽

把一生的风华凝结成一粒粒籽
等待来春的召唤和激活
结果等来的往往是榨油机的轰鸣

愿望和现实
有时就是这样的天壤之别

第四辑　卧榻语

DI SI JI

样子

凉　席

躯体躺下的时候
脊梁从此开始挺直

不管置于何处
都能铺出夏日里的一个世外桃源
在这里人们似乎懂了点自己

然而一方平整的凉爽
又怎奈何得了
暑气炎炎
热浪滚滚

多数时候
心静的灵魂
内心，自有一番清凉

电热毯

营造一种来自地心的温暖
获得背靠背的信任

这样投其所好的相交
往往只是一个夜晚的热度

样子

拖　鞋

作风散漫拖沓的人
行不了远路

夜　壶

肚里容得下污秽

才能与人为伴

手电筒

如果要把光明抓在手里
手电筒可以帮你

如果要丈量黑暗的长度
手电筒也可以帮你

如果要理解生活的艰辛
手电筒还可以帮你

如果要与日月争辉
那么，手电筒什么也帮不了你

枕　头

托不起阔肩厚背

只好躲在头下

品尝泪的咸与淡以及苦与涩

样子

蚊 帐

（一）

常以一己之身
撑起一家的安危

不行事则已
行事，则神经根根绷紧
直是直
横是横
职责分明

（二）

黑夜里
帐是家人温情的怀抱

看不清摸不透的时候
没有这样的帐
权益确实难以保障

床头柜

是个柜子
就应有容物纳件的胸怀

长年地立于床头
立成摆设
立成仆从

虽然立矮了身份
却立出了格局

样
子

花露水

成分那么杂
也称露水

还表现出一副晶莹的高洁模样
到处去悬壶济世

领 带

借穿梭衣领的机会
亲昵地缠抱着头的根
让众人仰望它的高高在上

可不经意间
露出了一条肥长的尾巴
垂于胸前

世人瞬间明白
什么叫攀高结贵

样
子

空　调

空调，空调
调来调去最后一场空

以为自己能温控一切
逆自然规律而行
其实尽在遥控板的算计中

114

床

总在夜色中起航

不惧狂风

不惧雷暴

不惧沟壑

不惧峰崖

因为有梦和远方

或许还有他（她）

如果黎明到了还没靠岸抛锚

那就是白日梦一场

床　单

原本是想成为最好的背
不曾想却要忍受随意的趿扈

那扭曲的褶笑
似乎就在诉说着最亲近时的体温
以及弃旧恋新的寡情

被　褥

独守空房一整天

只为了伊

早出晚归后的一夜温存

眼药水

以你的明澈
应该可以洗亮眼前的灰暗

以你的纯净
应该可以洁白历史的模糊

以你的清亮
应该可以润泽山川的干涩

手　机

你把手机捏在手里
手机却把你的详情
暗暗地记在了芯里

看看到时候
谁怕谁
谁又离得开谁

充电器

生活中很多时候
人们就需要充电器这样的
摆渡者

手 表

自从手腕套上了你
人们对大动作便有了顾忌
凡事中规中矩按部就班
手表，这就是你在手上的表现

第五辑　学海谈

DI WU JI

修正带

你知道
生活中有些东西是修不好的

所以你选择了抹去历史
然后重来

圆　规

如果想功德圆满

那就得讲规矩

直　尺

不是自己的一身正直

怎能识得世间的

短短长长曲曲折折

双面胶

照顾到各方的需求

才能浑然一体

样子

透明胶

自从你粘上别人后
你便让人看不透弄不明了

闹　钟

闹钟夜以继日地奔波
只是为了一个约定

一诺千金
是闹钟的人生法则

为此
不管别人愿不愿意
闹钟总会按时敲响庄严肃穆的钟声

投影机

通过你的时光隧道
我的想法被挂在了墙上

然后你用平面的屏幕
一页一页翻阅我立体的思维

借助你剥开我思想的羞布
多维展现脑细胞翩舞时美妙的胴体

一群人在周围
或凝神静视或指指点点

在真真假假中
竟忘记了还有个无线鼠标在点击

文件夹

收集好文件的肉身
以便更好地放飞它的思想

样
子

教　鞭

为了更好地教
就需借助鞭的威严

胶　水

拉拉扯扯藕断丝连的样子
有水的形
没有水特立独行的格

样子

铅　笔

舍得在卷笔刀中的
一身剐

大家才会看出你
内敛的真心

钢　笔

你身上的钢屈指可数
但好钢要用在刀刃上的做法
在你的身上倒体现得十分明显

样
子

卷笔刀

在刀锋缜密地丝剥层削下
旋转间
卷笔刀让世人看清了
核心的模样

粉　笔

粉笔与黑板一起描摹着多彩的人生

绚丽多姿赠给了学生

单调的白与黑留给了老师

然后又用壁板的黑

把老师熏成苍颜

用白色的粉尘把他们染成皓首

様
子

量角器

就算你是量角器
也测不出棱角分明者的心思

电　脑

电在世间游走

遇见你后

学会了表达

学会了记忆

学会了思考

从此双双过上了高科技的日子

是的，遇见了对的人

才会续写出比翼双飞的传说

鼠　标

贼眉鼠眼的样子
人们捏在手中才会放心

那不断的点击
就是人们不时地提醒它——
行正道干正事

键　盘

键盘就喜欢用固定的格式
以及既设的程序来表情达意
即便是灵动的思维

你看
它又在用噼噼啪啪的脆响
诠释着什么叫妙指生花

传真机

机器中的君子
终生追求纯粹

纵然远隔千山万水
也会把真情实况相告

打印机

咿咿呀呀地说自己有一肚子的墨水
说着，说着
就吐出白纸黑字
明证自己学问的渊博

样子

白　纸

不做任何说明
任由好坏善恶去书写
或辉煌或平庸
或得意或失落
或流芳或遗臭

词　典

老祖宗、老老祖宗有话要说
有些约定俗成的话要说
于是便有了词典里言简意赅的
长话短说

第五辑　学海谈

145

样

字　典

字典在手
我们便可以修复和完善
自身文化DNA的缺陷

古汉语字典

在你的帮助下

我们读懂了先贤遥远的呢喃

明白了自己从哪来

文化的时空发生了什么变化

以后要有怎样的担当

地　图

用平面的形式去理解立体的存在

按图索骥

贻害无穷

小　说

既然是小说

写那么长那么多字干吗?

样子

散　文

文都散了
那也叫文吗?

是不是不散
就不能叫散文呢?

诗　歌

用简明的文句酿出生活的酒

如能醉人

则为好诗好歌

样子

戏　剧

文字把生活搬上舞台
一会笑，一会哭
一会悲，一会欢
这样的真情实感
不知世人为何竟称之为戏

台 灯

用微弱的光
点燃攀登书山的火把

也愿做学海灯塔上的风灯
引领不锈的笔
远航

作业本

种植学业的沃野
攀登书山的梯阶
扬帆学海的舟船

滴满了汗水
装满了墨水
映满了烛泪

文具盒

笼络住文具英才

去纵横书山学海

讲 台

知识圣殿里的祭台
文化大堂中的神坛

在"上课""下课"间
就可以感触
一颗颗烛泪的炽热
可以目睹
一朵朵烛花的凋谢
可以耳闻
一个个烛影的流芳

课　桌

在文化的殿堂立着
一张张一排排
庄严成军阵的模样
朝乾夕惕地站着
守望一方知识膏壤

之后
托起一个个幼嫩的臂膀
攀登书山的高峰

夜 灯

黑暗里的异端
追寻光明的先知先觉

燃烧自己驱暗除黑
每天清晨鸡鸣之际
又用自己远去的背影
点亮冉升的朝阳

怀古赤壁

赵宋皇帝一声诏曰

赤壁的涛声卷起千堆雪

不是东坡居士来凭吊

怎得超度

那千年来

灰飞烟灭的不甘

枫桥夜泊

月落了

乌啼了

霜满天了

如果不是寒山寺千年来

浑厚悠扬钟声的传送

姑苏城内外的后人哪

怎会理解

江枫渔火日日为眠夜愁

寒山寺

造访寒山寺
不宜白日近观
适于夜半远听

进香祈福
旅游参访
更是离禅修万里

历史告诉我们
这个——
张继深悉
范仲淹熟知
唐伯虎素晓
俞樾也清楚

第六辑　情怀诉

DI LIU JI

雁南飞

我提着笔
在夜灯下流浪
漆黑的夜幕后
你总把我惦念

我希望零落的诗行
可以拼凑出
天的蔚蓝和云的飘逸
以及林的阴绿
绿丛中的窠巢
在水的一方

春日里
在群芳竞妍中
孕出一窝蛋儿
太阳一孵
扑棱扑棱飞成会眨眼的星星

此后，月黑的夜里

你可能会深切感受到分外地闪烁

灯火阑珊处

我仿佛总听到雁南飞声声

父亲的菜地

看着，父亲挑着担水
慢慢挪入菜地的身影
我说，老爸——
咱以后不种了吧

父亲歇下担子后说
一起给菜浇个水吧
哪一天，我挑不动了
菜地，可不要干裂了

父亲执念菜地这个舞台
须臾也不愿分开
把夕阳中的菜地
打理在古稀的时空

渐渐地
父亲挑担的步履在蹒跚了

不知不觉地
父亲的菜地葱绿了起来

父亲挑的担子已晃得不轻了
我说，老爸——
咱以后不种了吧
和我住到城里去

父亲歇下担子后说
一起给菜浇个水吧
哪一天，我真挑不动了
菜地，可不要荒废了

我虔诚地浇着菜地
感觉就像给老父亲
端上了水
沏好了他喜爱的茶

白与黑
——观水墨画展有感

看有限的线条在白纸上婀娜

观山清水秀在简洁的墨痕里春夏秋冬

神奇的留白偷偷告诉我

如果此时你要写点什么

就应该选择诗歌这种文体

钢铁是怎样炼成的
——采风苏钢集团

一、铁与炉

铁对炉说

炼我——

你自己先要过硬

炉对铁说

小样——

是钢就不怕炼

二、钢与炉

钢对炉说

涅槃——

那是不是只属于凤凰的传说

炉对钢说

蜕变——

就应抛却心中的杂念

样
子

三、铁与钢

铁对钢说

我不是废铁一块

给我机会

我也可以百炼成钢

钢对铁说

我的柔情你永远不懂

温度的机缘一到

我也能柔情似水

咱俩间的距离

不仅仅是刚性

还在韧性

四、铁与钢与炉

铁说

我的成分太杂

所以难堪重任

钢说

什么叫重任

是不是那个"好钢要用在刀刃上"

炉说

我想问问你们

好钢又是怎样炼成的——

铁：哦哦——

钢：噢噢——

苏钢集团说

——高科技炼就

西部歌声

沿着绕城高速走
沿着大湖大道走
走进高新区西部

沿着科技城走
沿着生态城走
走进高新区西部

走进高新区西部
迈在高新区西进的大道上
一片片绿林迎春来
一道道流水清又白
一条条公路多可爱
一个个规划已铺开
对照过去，你一新焕然
现今的你已换上春装
换上春装——

走进高新区西部
迈在农村城镇化的大道上
不见那开山采石的如雨挥汗
更不闻碎石机里的噼啪坼泮
不见那泥泞路上的蹒蹒跚跚
更不闻大风起兮的尘土弥漫
对照过去，你不再褛褛褴褴
花枝招展的你正沐着春阳
沐着春阳——

走进高新区西部
迈在村民居民化的大道上
挥别了亲手筹建的乡村屋堂
搬入井然而热闹的小区套房
反刍着日出夕归的耕农考量
建设起富家裕民的心中梦想
对照过去，你的思虑不一般
你的神采正大放春光
大放春光——

走进高新区西部
迈在科技创新的大道上
区域间正发展着当初的酝酿

美丽的太湖之滨正妆得更靓
新绘的图景已能够展望展望
乡里乡邻的乔迁正繁繁忙忙
对照过去，你不再默默
如火如荼的你已涨起春潮
涨起春潮——

走进高新区西部
沿着科技城走
沿着生态城走

走进高新区西部
沿着绕城高速走
沿着大湖大道走

绕城高速是一把雕弓呀
太湖大道是一支箭
一枚火箭
一支响箭

走进高新区西部
挽满弓，射起箭
放歌春天的故事

山在歌，水在唱
——有感于苏州新区西部大发展

山在高歌，水在低唱
山在高歌啊，水在低唱——
如今的这里格外芬芳
如今的这里格外芬芳

犹记犁牛还在铧翻着原野
猪囡囡尚在泥里拱拱扯扯
羊群仍在山上咩咩地吆喝

跟随的脚板似乎已难以荷负
沉沉的耕锄也不再亮泽如瑜
岁月轻抚着农人粗糙的茧肤
呢喃地说——
别怕，别怕
咱们城里去，咱们城里去

拨弄禾苗的手触摸起了屏幕

倔强的土地耸起了幢幢高宇

太湖之滨描绣上了锦泽盛举

三十年河东啊三十年河西

哦！嫌慢了，嫌慢了——

二十年后又是一条好汉

哦！嫌慢了，嫌慢了——

日新月异赋新篇啊

日新月异赋新篇

是啊，是啊

树山、龙山、杵山——

山山明媚春光

游湖、贡湖、诺贝尔湖——

湖湖碧波荡漾

科技城、生态城、大学城——

城城璀璨亮堂

往昔鱼欢稻香的村坊

今朝科技人文的天堂

绣美山水啊，智汇高新——

真山真水换了新装

真山真水换了新装

心在高歌，梦在低唱

心在高歌啊，梦在低唱——

这里的未来遍地馨香

这里的未来遍地馨香——

庚子春·柳忆

柳醒来的那日

水很明净，天很蓝

远山含暖，绿意萌起

柔风轻梳着柳发

仿佛就一夜间

柳絮便要四下里飘呀飘

不知是谁

把一只蝴蝶

别在了柳的鬓丝上

翠绿上的两个黄鹂

它们的清脆

霎时可空灵整个世界

谛听着这来自高处的声音

稀稀疏疏的钓水人

在柳黄下坐成了禅者

偶尔的一侧脸

耳郭下垂着的口罩

分明在飞絮中警惕着什么

回望这一路的变迁

柳、风，蝶、鹂、人

好像都有淡淡的痛

或为破冬迎春

或为破茧成蝶

或为破釜沉舟

是啊，一切的过去都是故事

而有的

成了传奇

样子

一百年的老表

一声"老表"
喊正了根，喊红了苗
江西老表
根正苗红

从上海法租界到嘉兴南湖
从南昌的枪声到井冈山上红旗飘
从瑞金到遵义到延安到西柏坡到北京
一百年的江西老表啊
难忘《映山红》的深情和憧憬
难忘《红星照我去战斗》的情真和意切
难忘《十送红军》的不舍和期盼
《井冈山上太阳红》啊
井冈山上太阳红——

老表，老表
《清贫》啊，清贫

《可爱的中国》啊，多么可爱

"断头今日意如何？"

"投身革命即为家！"

《星星之火，可以燎原》啊

星星之火，可以燎原——

从积贫积弱到"中国人民站起来了"

从大刀长矛到"两弹一星"

从农村走向城市

从近海走向深蓝

从地球走向浩瀚星空

从改革开放走向中华民族的伟大复兴

一百年来

江西老表

前仆后继，一往无前

一百年来

江西老表

碧血丹心，根正苗红——

样
子

运河早春
——写给科技城浒光运河

浒光运河突然热闹起来了
成群的小野鸭不知从哪里窜了出来
好奇而慌乱地在河面上游弋着

碧水盈盈里
不知名的水鸟
蜻蜓点水般掠过水面

鹁鸪不知疲倦地叫着
是卖弄还是吆喝或是苦练嗓音
是来日欲与黄鹂共鸣翠柳吗?

暖阳里芦苇丛一片凋敝
枯枝败叶中
响声瑟瑟簌簌叽叽啾啾
是生命在拔节

还是在破茧成蝶

忙碌的鸟爸鸟妈
不时地衔去干枯的芦枝芦叶芦花
巢儿渐渐地暖心了
家园冉冉地有形了
爱情慢慢地结晶了

夜幕下
河岸广场欢声笑语
大妈大爷舞步抖擞轻快
灯光似春光般温存

空气里洋溢的勃勃生机
让人从肺腑里感知
这河，这水，这熟悉的土地
许是春意早已悄悄地萌发了

样
子

三颗红豆

有一位这样的读书人
从吴门东禅寺
移来一枝红豆树苗
栽培在书屋前

这根枝丫就这样在荇门葱郁了
葱郁了清初以来的岁月
葱郁了先达今贤的妙笔
葱郁了东渚水乡的文脉

每当秋风浸染山林
它便点起一个个红红的小灯笼
引航着一种种日日夜夜的相思相承

此物确实最相思相知
于是它的主人惬称"红豆主人"①
住上了"红豆书庄"

红豆生情

诗书传家

父子两进士

《红豆斋诗文集》续写着传奇

"红豆先生"②发展了父辈的经学研究

世守古学

家学愈渊愈厚

"小红豆先生"③终成吴派经学领袖

课徒著述

誉称"东南经师第一"

终身不仕

叹仰"'人间天堂'的骄子和寒士"④

三颗红豆

一颗竟比一颗红

三惠⑤经学

一峰更比一峰高

又是一年春来

红豆又枝发南国

只想问问诸君

何处可多采撷

可是东禅寺白鸽禅师⑥的那方净土

注：

①惠周惕，自号"红豆主人"，康熙进士，清朝吴派经学的导源人，故居砚溪云溪桥畔（今苏州东渚龙山下），后徙葑门冷香溪侧。子士奇、孙栋。

②惠士奇，人称"红豆先生"，康熙进士，吴派经学由发生而走向成熟的过渡性人物。

③惠栋，人称"小红豆先生"，清朝吴派经学领袖，被誉为"东南经师第一"，终身不仕。

④引自《惠栋评传》，李开著，南京大学出版社，1997年7月出版。

⑤三惠，即惠周惕、惠士奇、惠栋。

⑥北宋异僧遇贤，因喜欢豢养白鸽，人称"白鸽禅师"，俗姓林，长洲人。吴门东禅寺遇贤所植的红豆，至清康熙时，已历经700年左右，后毁于清末战火。东禅寺，已废弃，旧址现为苏州大学一部分。

第七辑　属相言

DI QI JI

鼠

鼠以为

闯荡江湖眼力不好不要紧

目有寸光便可

关键是要学会——

昼伏夜出

趁黑打劫

牛

犁出了春天又能怎样
连吃个饭都要站着囫囵吞枣

样
子

虎

总喜欢把"王"这个字贴在额上
结果让狐狸拿来
要了把威风

兔

行走江湖要备好"三窟"的退路

或许，这正是弱者和智者的生存法则

样子

龙

如果你真的是龙
那么没有翅翼
也应能翱翔天宇吧

蛇

路修平整了
蛇走起来怎么还是歪歪扭扭的

很多人不明白
其实蛇就喜欢走属于自己的路
即便沟沟壑壑凹凸不平荆棘密布

马

马不理解

为什么有了一个叫伯乐的人以后

马之间便有了三六九等之分

马更不理解

为什么马族的事

要由人来指指点点

羊

上帝想
一只替罪的羊
首先得要圣洁忠诚吧

猴

猴知道杀鸡意味着什么
猴想——
相煎何太急
让我做孙子可以
何必滥杀弱小无辜

鸡

鸡明白

要想充分认识自己

就不要怕和鹤站在一起

样子

狗

想生活得滋润
就要让主人
看出你摇尾的热情，以及
生人来时听到你的叫唤

猪

猪可能不懂

宣示效忠主人

最好的方法是长膘

生活的样子（后记）

生活是有样子的。

可惜笔端难以详摹。

这有限的文句，这甚至带有随性的言辞，自己又可曾认识？

行文中，一直很想让文句尽可能离过去的意念远些，也很憧憬对未来在情理上的勾勒，怎奈眷思万重、念想千斤，不知不觉中，许多的体悟，又成了历史的回音。

慢慢地感到：体验可以随心，愿景却难以随意。

当然，人非生而知之。生活中，人们通常会以有限的认知和经验去感悟社会百态、万物气象、历史沧桑，于是也就养成了这样一种习惯：站在现实的节点，行走时往往向前看，思考时频频朝后望；向前看时每每充满期待，朝后望时常常感慨万分。

《样子》这本诗集就这样感悟着过去、现在和将来，我更愿这是对生活的哲理思辨，这也是我在这本诗集中的探索。

探寻本真，掀开面具，卸下妆，脱去夜行服。愿以真切的感触，真挚的情意，真诚的愿景，坦诚相语：一切本来的样子。

是啊，那启人心扉的玄机或许就隐于某个旮旯，只等那有缘人的到来与发现。一物一理虽静，一人一思却动。物早已存在，人却姗姗来迟。不是先到先有，一切可能皆因那无法诠释的缘，还有那扯不断理还乱的情。这样想来，生活是那么有缘有情，那么含情脉脉。

那些物、那些人，熟悉的、陌生的，都那么鲜活，那么生动。有的稚嫩、有的老练；有的纯真、有的世故；有的真挚、有的做作……不管它（他）们以什么模样示人，不管它（他）们是惹人爱，还是讨人厌，都是我们对世界认知的形象显现，正是它（他）们或静或动的存在，才赋予了生活更真更纯更可爱的艺术色调。这样看来，生活那么有舞台感，那么顾盼生姿。

以诗的形式来表情达意，是因为爱好。我偏爱于以尽可能短、少的文句言辞来抒情明理，我喜欢字里行间那种留白的感觉，那种顿悟后一抿嘴的奇妙会意。工作若干年后，进一步以诗作抒写性灵，是因为遇见了一个诗人，当有幸拜读了他的散文后，就不知是该称他是诗人还是散文家了，他的散文往往诗意盎然，而他的诗行每每又文情飘逸——难忘苏州高新区文联、作协张斌川主席的创作风范，或在言谈里，或在诗章文著中，给我行文构思以更广更深的启悟，深情铭记于心。

一路风雨一路诗，跋涉于生活的诗行，有意无意间，旧交

201

新朋总会不时地触响心底的丝弦。谢谢你们的南腔北调，谢谢你们在异乡加入的别样的生活情愫。

一路晴川一路歌，徜徉于岁月的时空，潜移默化里，同仁老友总会悄然地引发韶华的心声。感谢你们的温和友善，使得工作的样子多了不少温馨和柔蜜。

借此之机，我要感谢苏州高新区工委宣传部、文联、作协，在诗稿结集出版的过程中，给予的大力支持和帮助。

感谢杜衡主席在文学创作过程中的关怀和勉励。

感谢赵玮主编在文学创作上带来的思考和探索。

感谢艺术家陈平教授的美术创作理论：以"植物志"建构自我"失乐园""借助艺术的维度以尝试思考人与自然的关系"，引起诗歌创作的反思和借鉴。

感谢作协诸多文友的结伴而行，给本是单调孤寂的文途以浪漫的情调和美妙的旋律。

感谢关爱拙诗的语文界各位同行。感谢厚爱陋作的各届各级学生。感谢家人的一贯支持。

感谢出版社各位老师在诗集成书过程中所付出的艰辛和用心。

感谢熟识或未曾谋面的各位，或明或暗、或直或曲、或正或侧或反的鞭策和激励。

谢谢大家从各个维度、多个层面带来的对生活的思索和认知。是你们的同行，伴行，结行，或偶遇，增添了诗集《样子》的厚重，周全了《样子》的成册！

岁月匆匆，情谊愈醇，恕尊名未一一而列。

思绪纷飞，纵笔如流，感觉就在一瞬间，便点亮了万家灯火；而这星辉斑斓里的考量，落笔看去，白纸黑字间似乎又多了种种豁然。

黄进风

2019年11月10日夜于苏州科技城

2023年1月23日夜修订